CATALOGUE

(N° 23)

D'UNE JOLIE COLLECTION

DE

VIGNETTES

ET DE

PORTRAIT

DES XVIIIᵉ ET XIXᵉ SIÈCLES

POUR ILLUSTRATIONS

ESTAMPES DIVERSES

ET

VIGNETTES EN LOTS

VENTE

HOTEL DROUOT — SALLE N° 4

Le Mardi 18 Décembre 1883

A UNE HEURE ET DEMIE PRÉCISES

Mᵉ Maurice DELESTRE	M. DUPONT aîné
COMMISⁿᵉ-PRISEUR	MARCHAND D'ESTAMPES
Rue Drouot, n° 27	Rue de Seine, n° 21

PARIS — 1883

Ve RENOU, MAULDE et COCK

IMPRIMEURS DE LA COMPAGNIE DES COMMISSAIRES-PRISEURS

Rue de Rivoli, 144

CATALOGUE

(N° 23)

D'UNE JOLIE COLLECTION

DE

VIGNETTES

ET DE

PORTRAITS

DES XVIIIe ET XIXe SIÈCLES

POUR ILLUSTRATIONS

ESTAMPES DIVERSES

ET

Environ 4,000 Vignettes en lots

DONT LA VENTE AURA LIEU

HOTEL DES COMMISSAIRES-PRISEURS

RUE DROUOT, 9, SALLE N° 4

AU PREMIER ÉTAGE

Le Mardi 18 Décembre 1883

A UNE HEURE ET DEMIE PRÉCISES

Par le ministère de Me **MAURICE DELESTRE**, Commissaire-Priseur
rue Drouot, 27,

Assisté de **M. DUPONT aîné**, Marchand d'Estampes,
rue de Seine, 21.

PARIS — 1883

CONDITIONS DE LA VENTE

Elle sera faite au comptant.

Les Acquéreurs paieront CINQ POUR CENT, en sus des adjudications, applicables aux frais.

L'ordre du Catalogue sera suivi.

DÉSIGNATION

SUITES DE VIGNETTES

BÉRANGER

1 — Sept figures de la suite de Lemud, avant la lettre
in-8 — et 5 copies d'Henry Monnier, color.
Ensemble 12 pièces.

BERNARDIN DE SAINT-PIERRE

2 — Paul et Virginie, par J.-H. Bernardin de Saint-
Pierre. Paris, L. Curmer, 1838.
1 vol. gr. in-8, demi-rel., tr. dorées, figures avant la lettre.

3 — Le même ouvrage.
1 vol. demi-rel., tête dor. non rog. (manq. les figures sur acier).

BOCCACE

4 — Suite complète de 8 figures de Marillier, pour les
Contes, in-8.
Belles épreuves.

5 — Suite complète de 20 figures de Rogier, in-8.
Belles épreuves.

6 — Suite de 11 figures de Flameng, dont 1 portrait,
pour le Décaméron, in-8.
Epreuves avant la lettre sur chine volant.

DEMOUSTIER

7 — Suite de 39 figures de Moreau, pour les Lettres à
Émilie, in-8.

Belles épreuves; 7 de ces figures sont avant la lettre.

FÉNELON

8 — Suite de 24 figures de Lefebvre, pour Télémaque,
in-18.

Belles épreuves, toutes marges.

9 — La même suite.

Belles épreuves.

10 — Suite complète de 24 figures de Marillier, pour
Télémaque, in-8.

Epreuves en bistre, tirage moderne.

GESSNER

11 — Suite de 44 figures de Moreau et 3 portraits,
pour les OEuvres, in-8.

Très belles épreuves.

LESAGE

12 — Suite de 100 figures de Bornet, pour Gil Blas,
in-8.

Très belles épreuves, toutes marges.

13 — Suite de 24 figures de Smirke, pour Gil Blas,
in-8.

Très belles épreuves, cart.

14 — Suite de 24 figures de Smyrke, pour Gil Blas,
in-18.

Très belles épreuves, lettres grises sur chine, marges in-4.

15 — Suite de 22 figures de Meyer, pour Gil Blas,
in-8.

Très belles épreuves avant la lettre sur chine.

LESAGE

16 — Suite de 16 figures de Henri Pille, pour Gil Blas.
Exemplaire avant la lettre sur chine volant.

17 — Suite de 12 figures de Los Rios, pour Gil Blas.
Très belles épreuves d'artiste sur Japon blanc.

LA FONTAINE

18 — Suite de 1 portrait et 12 figures de Moreau, pour les Fables, in-8.
Epreuves avant la lettre, 1re suite.

19 — La même suite.
Tirage moderne sur chine volant.

20 — La même suite.
Epreuves sur chine volant.

21 — Suite de 12 figures de Percier, pour les Fables, in-8.
Epreuves sur chine volant.

22 — La même suite.
Epreuves sur chine volant.

23 — 13 figures de Desenne, pour les OEuvres, in-18.
Epreuves avant la lettre.

24 — Suite de 60 figures de Desenne, pour les Fables, in-18.
Très belles épreuves sur chine, tirées in-8, toutes marges.

25 — Suite de 1 portrait, 2 frontispices en couleur, 12 têtes de livres et 12 figures hors texte de l'édition Armand Aubrée. in-8.
Ensemble 27 pièces, belles épreuves du 1er tirage.

26 — Suite de 120 figures de Grandville, pour les Fables, in-8.
Belles épreuves.

LA FONTAINE

27 — 9 figures de Moreau, pour les Contes, in-8.
Belles épreuves, rem. in-4.

28 — Suite de 8 figures de Marillier, [pour les Contes, in-8.
Belles épreuves, les noms à la pointe.

29 — Suite de 40 vignettes, têtes de pages, d'après Cochin, pour les Contes.
Exemplaire sur chine volant.

30 — Suite de 75 figures et 1 frontispice d'après Desenne, Duplessis-Bertaux, etc., pour les Contes, édition Nepveu, in-18.
Epreuves avant la lettre, toutes marges.

31 — 23 figures d'après Duplessis-Bertaux, Monnet, etc., in-8, pour les Contes, plus : le Poirier enchanté.
Epreuves du 1ᵉʳ tirage, non terminées, avec bordure historiée, sur chine.

32 — Suite de 10 figures de Hersent, in-8, pour les Contes, plus 3 autres pièces.
Ensemble 13 pièces.

33 — Suite de 4 figures de Devéria, pour la Fiancée du roi de Garbe, in-4.
Très belles épreuves.

34 — Suite de 79 figures, têtes de pages de Duplessis, Bertaux, édition Lemonnyer.
4 exemplaires sur papier de chine, imprimés en noir, bistre, sanguine et bleu.

35 — Suite de 20 figures, 1 portrait et 1 fleuron, pour les Contes, gravés par T. de Marc, d'après Fragonard, in-8.
Epreuves du 1ᵉʳ Etat, eaux-fortes pures sur Japon.

LA FONTAINE

36 — La même suite.
>   Epreuves du 2e état, épreuves avancées, sur papier du Japon.

37 — La même suite.
>   Epreuves du 3e état terminées, avant la lettre, sur papier de Ho.-lande.

38 — Contes de La Fontaine, édition illustrée de 180 vignettes dans le texte et de nouveaux dessins par Staal. Paris, Garnier frères.
>   1 vol. gr. in-8, br.

MOLIÈRE

39 — Suite de 1 portrait et 33 figures de Moreau, édition de Bret.
>   Très belles épreuves.

40 — La même suite ; tirage de Leclère.
>   Epreuves sur papier de chine, marges in-fol.

41 — Suite complète de 31 figures de Moreau, dont 1 portrait, édition Renouard, in-8.
>   Très belles épreuves avant la lettre, toutes marges.

42 — La même suite.
>   Epreuves du 1er tirage avant les retouches, toutes marges.

43 — Suite de 33 figures de Boucher, gravées par Laurent Cars et 1 portrait d'après Coypel, in-4. Paris, Delarue.
>   Exemplaire sur papier de chine, en livraisons.

44 — La même suite.
>   Exemplaire imprimé sanguine.

45 — Suite de 1 portrait et 18 figures de Desenne in-8.
>   Epreuves avant la lettre.

46 — La même suite.
>   Belles épreuves, toutes marges.

MOLIÈRE

47 — Suite complète de 21 figures de Desenne, dont 1 portrait, in-18, publiées dans la Bibliothèque française.

Très belles épreuves avant la lettre, marges in-4.

48 — La même suite.

Exemplaire avant la lettre remargé à chassis, marges in-4.

49 — Suite de 1 portrait et 18 figures d'Horace Vernet, in-8.

Très belles épreuves avant la lettre, sur chine.

50 — Suite de 1 portrait et 11 vignettes de Chasselat.

Épreuves avant la lettre et eaux-fortes. Ensemble 24 pièces. Il n'a été tiré de cette édition que quatre exemplaires avant la lettre.

51 — Suite de 10 figures de Riffaut, in-8, marges in-4.

Belles épreuves.

52 — Cinq Figures anciennes in-8, et 3 Costumes de Janinet.

Ensemble 8 pièces, dont une en couleur.

53 — Un Dessin du Médecin malgré lui, à la sépia, attribué à Grandville — et 7 Pièces diverses, avant et avec la lettre.

Ensemble 8 pièces.

54 — Costumes pour le théâtre de Molière.

40 pièces en noir et en couleur.

55 — Comédiennes de la troupe de Molière, gravées par Hanriot.

10 pièces avant la lettre.

56 — Portraits et Pièces relatives à Molière.

45 pièces. 2 lots.

PRÉVOST (L'ABBÉ)

57 — Une Figure de Marillier pour Manon Lescaut, in-8.

Très belle épreuve, toute marge. Rare.

58 — Suite de 8 figures de Lefèvre, et un portrait d'après Fiquet, in-18.

Epreuves sur chine volant, réimpr.

59 — Suite de 12 figures de Chauvet, pour Manon Lescaut, in-8.

Belles épreuves.

RABELAIS

60 — Suite de 17 figures de Bernard Picart, édition Wilhem.

Epreuves avant la lettre sur chine volant.

61 — Suite de 12 figures d'après Devéria, édition Dalibon, in-8.

Eaux-fortes pures.

62 — La même suite.

Très belles épreuves d'artiste sur chine, marges in-folio.

63 — Suite d'un portrait et 15 figures de Bracquemond, in-8.

Epreuves avant la lettre sur chine volant.

64 — Suite de 11 figures de Boilvin, dont un portrait, pour les œuvres, in-8.

Epreuves d'artiste en 1ᵉʳ et dernier état, signées du graveur. 22 pièces.

65 — La même suite.

Epreuves avant la lettre; plus un portrait de Rabelais par Légénisel.

66 — Suite de 60 figures drôlatiques, in-8.

Belles épreuves en un vol. cart.

ROUSSEAU (J.-J.)

67 — Vignettes d'après Moreau, Marillier et Cochin,
pour les œuvres, in-8 et in-12.
50 pièces, belles épreuves.

SAINT-SIMON

68 — Réunion de 212 portraits anciens et modernes
pour illustrer ses Mémoires.
Plusieurs de ces portraits sont rares.

STERNE

69 — Vignettes tirées de différentes éditions du voyage
sentimental, anglaises et françaises.
Ensemb 54 pièces, plusieurs avant la lettre.

VICTOR HUGO

70 — Suite de 35 figures d'après Boulanger, Johannot,
Raffet. etc., pour les œuvres, in-8.
Epreuves sur papier de chine.

71 — Suite de 11 figures de H. Guérard, pour les Châ-
timents, in-8.
Epreuves avant la lettre.

72 — Suite de 11 figures gravées à l'eau-forte par Guérard, pour Napoléon le Petit, in-8.
Belles épreuves avant la lettre.

73 — Suite de 20 figures de Castelli et de Neuville,
pour les Misérables, in-8.
Belles épreuves.

74 — Suite de 6 figures de Vierge, pour la Légende
des siècles, gravées sur bois, in-8.
Epreuves sur papier de chine, marges in-4.

VICTOR HUGO

75 — Deux portraits de Victor Hugo, gravés à l'eau-
forte et un lithogr.
   3 pièces.

VOLTAIRE

76 — Suite de 113 figures de Moreau, édition de Renouard, pour les œuvres, in-8.
   Très belles épreuves avant la lettre. (Les portraits manquent).

77 — Suite de 22 figures de Marillier, pour la Pucelle,
in-8.
   Epreuves sur papier de chine; tirage moderne.

78 — Suite de 25 figures de Moreau, in-8, pour la
Pucelle.
   Tirage moderne.

79 — Suite de 22 figures de Duplessis-Bertaux, pour la
Pucelle, in-18.
   Epreuves du 1er tirage.

80 — Suite de 79 figures de Chasselat, pour les œuvres,
in-12, plus 4 doubles.
   Epreuves avant la lettre. (Manque la Pucelle).

81 — 28 figures de la même suite.
   Epreuves à l'état d'eaux-fortes.

82 — Suite de 56 figures de Desenne, pour les œuvres,
in-8.
   Epreuves avant la lettre (Manque la Pucelle).

VIGNETTES DIVERSES

83 — Deux figures d'après Lebarbier, pour Arsace,
une pour le Vicaire de Wakefield, et deux figures en
double état, pour Picciola.
   Ensemble 7 pièces.

VIGNETTES DIVERSES

84 — Suite complète de 8 figures de Girardet, pour les Cent Nouvelles nouvelles, in-18.
Epreuves à l'eau-forte pure.

85 — Suite de 12 figures de Martinez, d'après Freudeberg, pour l'Heptaméron, in-8.
Epreuves d'artiste sur papier du Japon.

86 — Suite de 3 figures de S. Gessner, pour Gulliver, et 6 pièces anciennes in-18.
Ensemble 9 pièces.

87 — Suite de 6 figures et un frontispice, gravés à l'eau-forte par Pierre Morel, pour les Voyages de Gulliver, in-8.
Epreuves d'artiste avec remarques sur papier du Japon, imprimées en bistre.

88 — Suite de 15 figures de Marillier, pour les Mille et une Nuits, in-8.
Belles épreuves.

89 — Quatre figures de Corboult, pour les Mille et une Nuits, 5 pour le Voyage sentimental de Sterne.
Ensemble 9 pièces.

90 — Huit figures, d'après Desenne, pour les Contes de La Fontaine, avant la lettre, et 2 pour Molière.
Ensemble 10 pièces.

91 — Vignettes diverses d'après, Eisen, Cochin, Corboult, etc.
18 pièces, plusieurs avant la lettre.

92 — Vignettes diverses d'après Eisen, Cochin, Desrais, Marillier, Moreau, etc.
93 pièces.

93 — Deux vignettes par Auvray, d'après Monnet.
Epreuves avant la lettre dont une avant l'entourage.

VIGNETTES DIVERSES

94 — En-tête; la Mort d'Abel, par Baquoy, in-8.
Epreuve tirée hors texte, toute marge.

95 — Tombeau du Tasse: Fleuron, par Berthauld, d'après Paris.
Epreuve tirée hors texte, toute marge.

96 — Le Dépit et le Voyage, vignette par Chatelain, d'après Desrais, in-8.
Epreuve avant la lettre, toute marge.

97 — La Vertu surprise, par Mme Chévery; même sujet que *Richard Minutolo*, des Contes de La Fontaine, in-4.
Belle épreuve.

98 — Frontispice de Choffard, pour le roman des *Trois Femmes*, de Mme de Charrière, d'après Legrand.
Epreuve avant la lettre, toute marge.

99 — Fleuron d'en-tête, pour les Métamorphoses d'Ovide, par Choffard.
Très belle épreuve tirée hors texte.

100 — La Devineresse. — L'Horoscope, par Cochin, pour les Fables de La Fontaine, in-8.
2 pièces, belles épreuves, toute marge.

101 — Une vignette et un en-tête, d'après Cochin, par Leveau.
2 pièces, belles épreuves.

102 — Frontispice de l'Heptaméron, par Dunker, in-8.
Belle épreuve.

103 — En-tête et fleurons, d'après Eisen et Marillier.
3 pièces, tirages à part, grandes marges.

104 — Deux en-têtes, hors texte, d'après Eisen, et vignettes diverses par De Ghendt.
7 pièces.

VIGNETTES DIVERSES

105 — En tête, hors texte, frontispice et vignettes par
Lemire.
> 6 pièces, belles épreuves.

106 — Frontispice et vignettes par de Longueil.
> 8 pièces, belles épreuves.

107 — Les Amours de Glycère et d'Alexis, Chansons de
Laborde, par Moreau le jeune, 2ᵉ planche.
> Très belle épreuve avant la lettre, grande marge.

108 — Suite de 12 figures de Moreau, pour le Monu-
ment du Costume, in-18.
> Très belles épreuves.

109 — Vignette de Moreau le jeune, pour les Trois
Règnes de la nature de Delille, in-8.
> 3 épreuves à l'eau-forte pure et avant la lettre.

110 — Institution de la Toison d'Or, d'ap. Moreau. — Vignette pour Télémaque, d'après Cochin, sanguine.
— Les Trois Grâces, par Gessner.
> 3 pièces, belles épreuves.

111 — En-tête du Diplôme de la Société philotechnique
de Paris. — Amour sur une sphère tenant deux co-
lombes. — 2 vignettes d'après Cochin et une d'après
Le Barbier.
> Ensemble 5 pièces, les deux premières avant la lettre.

———

PORTRAITS

112 **Adam** (J.). Marie-Anne, archiduchesse d'Autriche. —
Le comte d'Artois, le comte de Provence et le prince
de Condé. 2 p., très belles ép.

113 **Anselin**. A.-T. Hue, marquis de Miroménil, in-18. Très belle ép.

114 **Audran** (B. et J.). Louis, dauphin, médaille. — Claude Chérier. — Petit portrait allégorique de Louis XV. 3 p., belles ép.

115 **Aveline**. En-tête avec portraits de Henri IV et Gabrielle, d'après Marillier. Belle ép.

116 **Barbié** (J.). F. de Chevert, d'après Tischbein. Très belle ép.

117 **Bartolozzi** (F.). Elisabeth-Philippine-Marie-Hélène de France, d'après Mme Guiard. Très belle ép.

118 **Beauvarlet**. Le duc de Bourgogne, d'après Frédou. — B.-G. Sage, d'après Colson. 2 p., belles ép.

119 **Beisson**. Le cardinal Mazarin, avant la lettre. — Le Connétable de Bourbon. 2 p.

120 **Benoist**. Mlle Clairon, de profil. Très belle ép.

121 **Benoist**. Diderot, d'après Greuze. Belle ép.

122 **Boizot** (M.-L.). Portrait de Marie-Antoinette. Très belle ép.

123 **Bonnet**. Joseph II, empereur d'Autriche. Très belle ép. imprimée en rouge.

124 **Bonnieu**. Portrait de Mirabeau, in-4. Belle ép. avant toutes lettres.

125 **Bosse** et C. **Boily**. Jac.-Fr. Demachy, pharmacien, d'après Violette. — Necker, d'après Le Brun. 2 p., belles épreuves.

126 **Bouillard** (J.). J.-A. Roucher, auteur du poème des Mois, in-8. Très belle ép., toute marge.

127 **Boutelou** (L.). Caroline, reine de Naples, in-4. Très belle ép. en couleur.

128 — M.-J. de Chénier, d'après Lefebvre. Très belle épreuve.

129 **Carrée**. Gardel le jeune, d'après Dutertre. Belle ép. en couleur.

130 **Cathelin**. S.-D. Grosse, d'après Cochin. — Charles
Rollin, d'après Coypel. 2 p., belles ép.

131 **Cathelin** et L. **Cars**. P. Prault. — L.-F. Prault fils,
d'après Cochin. 2 p., belles ép.

132 **Cernel** (Mme de). Pierre-André de Suffren, d'après
F. Gérard. Très belle ép. en couleur.

133 **Chenu**. Mme Favart, d'après Garand. Très belle ép.,
toute marge.

134 — La France tenant le médaillon de Louis XV, frontispice allégorique. Belle ép.

135 **Chevillet**. J.-B. Descamps, auteur de la Vie des
Peintres. Ep. du 1er état avant la lettre.

136 **Chodowiecki**. Portrait de la femme de l'artiste, en
pied, in-4. Belle ép. Rare.

137 **Choffard** (P.-P.). Son portrait dans un fleuron.
pour l'édition des Contes de La Fontaine, des Fer-
miers généraux, in-8°. Très-rare ép. tirée hors texte.

138 — Le même portrait. Ep. également avant le texte
au verso.

139 — Frontispice avec le portrait de Basan, in-8. Belle
ép., toute marge.

140 — Le duc de Larochefoucauld, d'après Petitot. Belle
épreuve.

141 — Charles Palissot, d'après Monnet. Belle ép.,
grande marge.

142 — Auguste-Louis de Rossel, capitaine de vaisseau,
avec sa fille. Très rare ép. avant la lettre, la tablette
blanche, toutes marges.

143 **Chrétien**. J.-S. Bailly, maire de Paris, gravé au
pointillé. Belle ép. en couleur, toute marge.

144 **Cochin** (C.-N.). Louis XV, médaillon d'après Duvi-
vier, avec les attributs des Arts et de la Guerre. Très
joli en tête, tirage hors texte.

145 — Mme de Pompadour en pied, entourée d'amours :
frontispice d'après Natoire. Très belle ép.

146 **Copia**. J.-J. Rousseau, d'après Degault. Belle ép.

147 **Cosway**. Portrait de M^mo Fitzherbert, in-8. Ep. avant toute lettre, tirée en bistre.

148 **Coulet**. Jacques-Aug. de Thou, in-8. Belle ép.

149 **Crépy**. La princesse de Condé, petit portrait avec ornements. Très belle ép.

150 **Croisier** (M.-A.). Le duc d'Orléans, le duc et la duchesse de Chartres, dans des médaillons avec guirlandes de fleurs soutenus par des Amours. Très belle ép.

151 **Daullé**. Louis, duc d'Orléans. — Fénelon. — Le P. Martin Pallu. 4 p.

152 **De Boissieu**. Son portrait, in-8. Ep. d'artiste sur chine.

153 **Delatre** et **De Launay**. Beaumarchais, in-8. — Le comte de Tressan, d'après Borel. 2 p., très belles épreuves.

154 **Drevet** (P. Imbert). Ch.-Jérôme de Cisternay du Fay, d'après Rigaud. Très belle ép., marge.

155 — Elisabeth-Charlotte. princesse palatine, d'après Rigaud. Très belle et rare ép. tirée hors texte.

156 — Louis de la Vergne de Tressan, archevêque de Rouen, in-8, pour un bréviaire. Très belle et rare ép. avant toute lettre, marge.

157 **Dupin**. Le duc de Crillon, commandant en chef au siège de Gibraltar, d'après Desrais. Très belle ép., grandes marges.

158 **Dupuis** (N.). J.-B. Lemoine le fils, d'après Cochin. Belle ép.

159 **Fessard** (M.). Portrait de Dorat, médaillon sur un mausolée, d'après Hoin. Très belle ép., toute marge.

160 **Ficquet** (Et.). Chaulieu, d'après de Troy. Ep. avant toutes lettres et avec toute sa marge.

161 — Pierre Corneille, d'après Le Brun. Belle ép., rem.

162 **Ficquet**. Crébillon. — **J.-B.** Rousseau, d'après Aved. 2 p., belles ép.

163 — Mme de Maintenon, d'après Mignard. Très belle ép. tirée sur papier double.

164 — Th. Rombouts, d'après Van Dych. Très belle ép. tirée hors texte.

165 **Flipart** (J.-J.). Mme Favart. d'après Cochin. Très belle ép.

166 **Gaucher** (C.-S.). Son portrait, d'après Denoireterre. Belle ép.

167 — La Comtesse de Carcado, d'après Mlle Loir. Belle ép.

168 — Michel Cervantès. d'après Quéverdo. Ep. avant le nom sur la banderolle.

169 — J.-B. Gail. d'après Lebarbier. — Louis Gillet, maréchal des logis. 2 p., belles ép.

170 — Mme de Graffigny. Belle ép.

171 — Frontispice avec le portrait de J.-P. Le Bas, graveur, d'après Cochin. Belle ép., rem.

172 — Chrétien-Guill. de Lamoignon-Malesherbes. Très belle ép. avant la lettre et avant la tablette ombrée, rem.

173 — Jean-Fr. Marmontel. Très belle ép., toute marge.

174 — Roch-Ambr. Sicard, d'après Jauffret. Très belle et rare ép. du 1er état avec *Fausseret* au lieu de Fousseret, et les deux vers qui ont été remplacés dans l'état suivant.

175 **Gaillard** (R.). Périn, secrétaire du maréchal de Belle-Isle, d'après Revel. Très belle épreuve, marge.

176 — Anne-Maria Schurman, d'après C. Eisen. Très belle ép. tirée hors texte.

177 **Gilbert** (A.). Portrait de Molière. Très belle ép. d'artiste sur papier du Japon.

178 **Godefroy** et **Gonord**. Imbert de Lonnes, chirurgien, d'après Chasselat. — Verne de la Loire. 2 p. belles ép.

179 **Grateloup** (J.-B.). Jean Dryden, d'après Kneller. Très-belle ép.

180 — Le Cardinal de Polignac. Très belle ép., toute marge.

181 — J.-B. Rousseau, d'après Aved. Très belle ép.

182 **Guttenberg**. L.-H. de Nicolaï, d'après Viollier. Très belle ép., marge.

183 **Guyot**. J.-J. Rousseau en pied, fait d'après nature à Ermenonville. Très belle ép. en couleur.

184 **Henriquel-Dupont**. Joseph Coiny, graveur. Très belle ép. sur chine, toute marge.

185 **Ingouf**. Portrait d'homme (F. de Miniac, chevalier de Saint-Louis), d'après Vestier, in-18. Très belle ép. avant la lettre.

186 **Larmessin** (de). Nicolas Bion. Belle ép.

187 **Le Beau**. Portrait de Dorat dans un médaillon soutenu par les Grâces, d'après Quéverdo. Très belle ép. avant la lettre; très peu de marge.

188 — Madame Louise de France, carmélite, d'après Quéverdo. Très belle ép.

189 — Louis Hector, duc de Villars. Très belle ép., grandes marges.

190 **Le Bert**. Marion de Lorme, d'après Champagne. Belle ép.

191 **Lecomte** (Marguerite). Alexandre, cardinal Albanus, d'après Lavallée-Poussin. Très belle ép., marge.

192 **Legrand**. Frédérique Sophie, princesse d'Orange. Très belle ép., en bistre, toute marge.

193 **Le Mire** (N.). Louis de Grimaldi, évêque de Noyon. Très belle ép.

194 — Joseph II, empereur d'Autriche. Très petit portrait. Belle ép.

195 **Le Mire.** Louis XVI, d'après Duplessis, in-8. Très belle épreuve.

196 — Tête de page avec le portrait de Hue de Miroménil ; au fond une vue de la ville de Rouen. Très belle ép. tirée hors texte. Rare.

197 **Lempereur.** Fr. Coppette, d'après Méon. Très belle ép., grande marge.

198 **Le Vachez.** Louis XVI, d'après Duplessis, in-8. Superbe ép. en couleur, toutes marges.

199 **Lévesque.** Louis Phélypeaux, duc de la Vrillière, d'après Vanloo. Très belle ép.

200 **Lingée** (Mme). S. Chenard, de la Société des enfants d'Apollon, d'après Cochin. Belle ép.

201 — Mme de Villette, d'après Pujos. Très belle ép. avant la lettre.

202 **Longueil** (De). Mme de Létancourt, d'après Eisen. Très belle ép., rem.

203 **Lorraine** (De). L'abbé Aubert, auteur des Fables nouvelles, in-4. Belle ép.

204 **Mixius.** Portrait de Louis Boilly, d'après lui-même, in-8. Ep. d'artiste sur parchemin.

205 **Ponce** (N.). Louis-Stanislas-Xavier, comte de Provence ; en tête de page, in-8. Très belle ép. avant toute lettre.

206 **Saint-Aubin.** Laurent Cars, graveur, d'après Cochin. Belle ép. rem.

207 — Portraits de Voltaire, Henri IV, Pierre Ier, etc. 5 p., belles ép.

208 **Savart** (P.). Pierre Bayle. Très belle ép. avant toutes lettres.

209 — Le Cardinal de Bernis, d'après Callet. Très belle ép. du 1er état avant toutes lettres, rem.

210 — Le prince de Condé, d'apr. Le Juste. Très belle ép.

211 **Savart**. Mme Deshoulières, d'après Elis. Sophie Cheron. Très belle ép.

212 — Nicolas de Livry. Deux pièces dont une avec le bas-relief. Belles ép.

213 **Simonet**. Mme de Sévigné et Mme de Grignan, in-8. 2 p. à l'eau-forte pure sur chine.

214 **Tardieu**. Frédéric-Guillaume, prince de Prusse, d'après Moreau le jeune. Très belle ép.

215 **Portraits divers**. Elisabeth, impératrice de Russie, médaille — Tassoni, d'après Gravelot — Denon, d'après lui-même. 3 p.

216 — Portraits de l'abbé Grégoire, Le Chapelier, Gourdan, etc., collection Le Vachez. 6 p.

217 — Portraits de députés, de la collection Déjabin. 5 p.

218 — Portraits anciens: Mélanchton, Molière, Cervantès, par Gaucher, Fénelon par Hubert, avant la lettre, Péréfixe, etc. 10 p.

219 — Portraits divers anciens. 55 p. Très beau lot.

220 — Portraits des suites de Desrochers, Montcornet et Odieuvre. 75 p.

221 — Portraits de peintres et de graveurs, anciens et modernes. 23 p.

222 — Portraits d'après les Emaux de Petitot. 12 p. en couleur, toutes marges.

223 — Portraits anciens et modernes avant et avec la lettre. 2 lots.

ESTAMPES

224 **Bartolozzi**. The guardian Angels — Amours, d'après Cipriani. 2 p.

225 **Bonnet.** La Bonne Mère, d'après Huet. Belle ép. en couleur.

226 **Chevillet**. Le léger Vêtement d'après Baudouin.
Très belle ép. avant toute lettre.

227 **Choffard** (P.-P.) Adresse de Lattré. Très belle ép.
avant la lettre, marge.

228 — Ex libris de Buissy. — Fleurons et Vignettes diverses. 9 p.

229 — Fleurons aux armes d'un cardinal; *dum spiro
spero*. Ep. tirée hors texte, toute marge.

230 **Cochin** (C.-N.) Billets de bal pour le mariage de
monseigneur le Dauphin. 2 p., belles ép.

231 **Copia**. Chit, chit!.... par ici..., d'après Mallet. 2 p.
très belles ép.

232 **Debucourt**. Vignette pour héro et Léandre, avant
toute lettre. — Costume. 2 p. en couleur,

233 **Demarteau**. Vénus sur les eaux — Ninette — Tête
de femme, d'après Boucher — Frontispice, d'après
Cochin. 4 p. aux crayons de couleur.

234 **Desplaces**. La Peinture, d'après Watteau. Très
belle ép.

235 **Dessins**, Frontispice pour les Victimes de l'amour,
attribué à Marillier, à la plume lavé d'encre. On a
joint la gravure.

236 — Portraits de Philippe-Egalité, Le Brun, Couthon,
Helvétius, Dacier, Plaute, Sapho, etc. 10 dessins à
la sépia et à mine de plomb.

237 **Duplessis-Bertaux** — Vie de l'enfant prodigue.
— Scènes de théâtre. Ensemble 24 p.

238 **Eisen** (C.). Ex-libris de Mme la Dauphine. Très belle
ép.

239 **Fragonard** (D'après). Télémaque et Eucharis —
L'Amour ingénieux, gravé par Legrand. 2 p. en
couleur, ovales.

240 **Gallimard**. Allégorie sur la peinture, en-tête
d'après Cochin. **Ep.** tirée hors texte, toute marge.
Rare.

241 **Girardet.** Pacte fédératif des Français, le 14 juillet 1790. Belle ép.

242 **Guyot.** Hôtel de Boisjelin. — Deux vignettes pour Paul et Virginie, 3 p. en couleur, toute marge.

243 **Jacquemart** (Jules). Huit Eaux-fortes de Jules Jacquemart, publiées par l'*Art*. Ep. d'artiste sur papier du Japon. Dans le portefeuille de publication.

244 **Janinet.** Vénus sur un lit de repos, d'après Charlier. Petite pièce ovale en largeur, avant la lettre, en couleur, rem.

245 — Vénus sur les eaux, d'après Charlier, Ep. avant toutes lettres en couleur, marge.

246 — L'Agréable négligé, d'après Beaudoin. Belle ép. en couleur.

247 — Tarquin et Lucrèce, d'après Eisen. — Portail de St-Gervais — et 1 costume. 3 p., la première en couleur.

248 — Mme Dugazon, rôle de Nina. Belle ép. en couleur.

249 **Jubier.** Céphale et Procris, d'après J.-B. Huet. Très belle ép. en couleur.

250 **Lavreince** (D'après). Le Lever des Ouvrières en modes, in-4. Pièce gravée au trait.

251 **Lecampion.** Vue du Palais de Justice.— Le Pont-Neuf et la Samaritaine. 2 p. dont une en couleur.

252 **Lingée** (Ch.-L.). Trinité conventionnelle et abrégé historique des évènements de la Révolution française, format de cocarde. Très belle ép. en couleur, marge.

253 **Mechel** (Chr. de). Les cinq sens caractérisés par divers amusements. Très belle ép., grande marge.

254 **Moreau** le jeune. Groupe, gravé par Malbeste, imprimé en tête du prospectus de la gravure représentant la Revue du roi à la plaine des Sablons. Très belle ép. toutes marges.

255 **Prévost** (B.-L.). En-tête de la Description du cata-
falque du Dauphin, d'après Cochin. Ép. tirée hors
texte.

256 **Vangélisty.** Les Cerises, d'après Péters. Ép. avant
la lettre, en couleur, grande marge.

257 — Gravures diverses, anciennes et modernes. Environ 150 p.

258 — Eaux-fortes modernes. 57 pièces.

259 — Un lot de Livraisons de l'Art pour tous.

VIGNETTES EN LOTS

260 — Sous ce numéro seront vendues par lots environ
4,000 Vignettes du xviii° siècle et modernes, dont
un grand nombre sont avant la lettre et à l'état
d'eaux-fortes.

Vᵉ RENOU, MAULDE et COCK, imprs de la Compagnie des Commissaires-Priseurs,
rue de Rivoli, 144.   43474